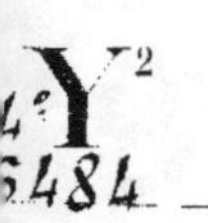

ANDRÉ SUARÈS

CEUX DE VERDUN

PARIS
EMILE-PAUL FRÈRES, LIBRAIRES-ÉDITEURS
100, RUE DU FAUBOURG SAINT-HONORÉ, 100

1916

CEUX DE VERDUN

QUELQUES ŒUVRES

de

SUARÈS

Sur la Mort de mon Frère, un vol. petit in-8, 1904.
La Tragédie d'Électre, un vol. gr. in-18, 1905.
Tolstoï vivant, un vol. gr. in-18, 1911.
De Napoléon, un vol. gr. in-18, 1912.

Voici l'Homme, un vol. gr. in-8, 1905.
Images de la Grandeur, un vol. gr. in-8, 1901.
Bouclier du Zodiaque, un vol. gr. in-8, 1907.
Lais et Sônes, un vol. gr. in-16, 1909.

Sur la Vie, *Essais*. Tome I, un vol. gr. in-16, 1909.
Sur la Vie, *Essais*. Tome II, un vol. gr. in-16, 1910.
Sur la Vie, *Essais*. Tome III, un vol. gr. in-16, 1912.
Le Livre de l'Émeraude, un vol. in-18, 1901.
Voyage du Condottière. Tome I, un vol. gr. in-16, 1910.
Idées et Visions, un vol. in-18, 1913.
Cressida, un vol. in-18, 1913.

Trois Hommes. Pascal, Ibsen, Dostoïevski, un vol. in-8, 1913.
Chronique de Caërdal. I. *Essais*, un vol. in-8, 1912.
Chronique de Caërdal. II. *Portraits*, un vol. in-8, 1914.

Nous et Eux. *Commentaires* I, un vol. in-18, 1915.
La Nation contre la Race, *Commentaires* II, deux vol. in-18, 1916.
C'est la Guerre, *Commentaires* III, un vol. in-18, 1915.
Occident. *Commentaires* IV, un vol. in-18, 1916.
Péguy, un vol. in-18. 1915.
Cervantès, un vol. in-18, 1916.
Angleterre, un vol. gr. in-8, 1916.

ANDRÉ SUARÈS

CEUX DE VERDUN

PARIS
ÉMILE-PAUL FRÈRES, LIBRAIRES-ÉDITEURS
100, RUE DU FAUBOURG SAINT-HONORÉ, 100

1916

IL A ÉTÉ TIRÉ DE CET OUVRAGE

Mille exemplaires sur papier vergé à la cuve
des Papeteries d'Arches, tous numérotés

N° 52

BEATI MORTVI,

QVI IN DOMINO MORIVNTVR.

A MODO JAM DICIT SPIRITVS,

VT REQVIESCANT

A LABORIBVS SVIS.

CEUX DE VERDUN

Beati mortui, qui in Domino moriuntur. A modo jam dicit Spiritus, ut requiescant a laboribus suis.

I

Tous, ils sont grands, tous ils sont beaux comme les chœurs de Phidias et d'Eschyle. Les héros de Marathon et de la Marne, les marins de l'Yser et ceux de Salamine :

Mais par-dessus les héros même, il y a les martyrs, les saints bonhommes de Verdun.

II

Les saints bonhommes de Verdun étreignent la vie dans les flammes.

Ils engendrent l'Europe dans le lit de la mitraille.

Ils sont sérieux et farouches comme dans la fureur de l'amour.

La douleur est leur maîtresse et leur femme.

Ils connaissent une volupté si puissante qu'elle les tue, comme l'abeille mâle.

Ils font l'œuvre de chair dans la fournaise et ils enfantent l'esprit à la femelle victoire,

Avec une ardeur si violente qu'elle est toute souffrance, en elle comme en eux.

Les saints bonhommes de Verdun aux cheveux gris sont les pères des nouveaux siècles et des nations libres ;

Et les saints jeunes gens de Verdun sont les amants en sang

De la victoire tout essor et tout ailes, la liberté sublime.

III

Trente jours dans le feu, cinquante, cent jours dans la mort et le martyre.

Cent cinquante jours ! Et bientôt deux cents ! Deux cents jours et deux cents nuits.

Le pays de Verdun est une planète en cendres.

Plus rien n'y est de ce qui fut : ni un arbre, ni un buisson, ni une ferme, ni une étable.

Les vallons sont lancés en l'air par le volcan des canons.

Les collines sont aplanies : la charrue des obus croise en tous sens des cratères ;

Voici les labours du chaos : et dans chaque sillon, la semence sacrée, l'homme, le grain rouge pour la moisson future.

Deux cents nuits, deux cents jours ! Et demain les deux cent soixante-dix seront payés à Dieu par Notre Dame :

Et le compte y sera, les trente-neuf semaines de la grossesse.

Il fallait tout ce travail et ces transes sanglantes,

Pour que la France enfantât la liberté humaine.

IV

O saints bonhommes de Verdun, vous êtes les mâles durs,

L'arbre tendu, le pilon de la volonté en guerre ;

Et votre séjour dans la mort est une œuvre d'amour.

V

La douceur est dans votre cœur, la pitié dans votre sève.

Mais il faut que vous soyez de roc contre la barbarie, l'impure et formidable femelle,

Qui sans fin déraisonne en raisonnant.

Déjà vous êtes au septième mois. Et roidis, tout nerfs, tout muscles, vous n'avez plus de chair ni de peau :

Vous êtes les écorchés sublimes du sacrifice.

Rouges et cuits dans votre sang, de la tête aux pieds,

Brûlés de votre passion, vêtus de votre peine volontaire et de calme tristesse,

Il vous arrive encore de chanter,

Parce que la chanson est la plume de la flèche : le rire moqueur est le merle qui siffle dans la balle;

Mais la plus sombre résolution barde votre âme :

Plein d'enfants, d'images chéries et de femmes,

votre tendre cœur est une amande de miel dans une gousse d'airain.

VI

Au septième mois, vous portez la couronne de la France sauvée et de l'Occident résurgi.

Vous avez révélé l'ordure de la superbe.

Vous avez avili les rois et les tyrans pour jamais.

Vous avez dégradé, dans une honte éternelle, le fils de la bête allemande et du Néron sans style

Qui tient la lyre de la souveraineté avec un moignon, et n'en joue que d'un doigt.

Il est battu, le fils du Néron barbare et de l'Hyène ;

Il est souillé, il est pesé, il est vendu au juste prix d'une méchanceté sans pareille : il est vaincu !

La défaite lui tire les oreilles : il est vaincu sans génie et sans goût, sans honneur et sans gloire.

Et dans une lutte inouïe, où le Barbare même a prodigué toute sa chair et tant de courage,

Ce prince de la chasse, au bonnet d'ossuaire, est vaincu sans blessure et sans vertu.

Le charnier lui profite : il n'a même pas maigri.

VII

Il faut tenir. Il faut durer. Il faut faire ciment à l'édifice ;

Tenons de chair, mortaises d'os, il faut être les joints du feu :

Il faut donner le temps de s'armer et de vaincre à tous les autres.

C'est ici le défilé des siècles et de l'Europe,

Les Thermopyles atlantiques de l'Occident,

Une bataille comme on n'en vit jamais une,

Non plus cinq cents citoyens de Sparte qui meurent pour leur ville,

Cinq cent mille fils de France qui ont accepté de mourir

Pour que le monde ne fût pas asservi.

VIII

Ni protections, ni défenses. Pas de digues, plus un abri.

Plus rien, contre le déluge du fer barbare ;

Plus rien que les poitrines mâles et le cœur d'homme, cette agrafe de pourpre à la cuirasse de granit.

L'Orient et l'Occident, le Nord et le Sud, vos fils et vos pères, vos sœurs et vos femmes,

Le genre humain compte sur vous, bonhommes.

Rien de moins. Et ils répondent : *Présents !*

On compte toujours sur nous : cela vaut bien un verre de vin !

IX

Tous savent ce qui les attend.

D'où ils viennent, ils l'ont su et l'oublient.

Où ils vont, ils le savent, et pour quoi, et comment !

Tels ceux-là qui rendaient sang pour sang, et mouraient pour leur Dieu mort pour eux,

Ils montent dans l'arène, vers les rêts et les tigres.

Les moutons ne sont pas plus marqués pour le boucher, quand on les pousse au petit jour vers la maison saignante.

Ils ne disent rien : l'un pour l'autre, ils pensent au couteau,

A la lettre qu'ils laissent pour la mère ou le père, pour la femme ou le fils,

Et qui ne partira que si jamais ils ne reviennent.

Tous condamnés à mort, et ils le savent :

Mais il y a bien un droit de grâce, j'imagine ! se murmurait l'un d'eux, avec un grave sourire.

X

Fils de l'amour, beaux gars de France, vous peinez dans l'enfer des taupes, du poison et du feu.

Le divin ciseau de la Douleur sans tache ni péché

A taillé vos traits droits, vos fronts purs, vos joues brèves;

Vous avez tous, à présent, des visages d'anges.

Vous avez tous maigri : le feu a fondu vos petits os;

Et vos yeux, dans les orbites creuses, sont ceux mêmes des brûlants voyageurs que saint Michel conduit

Dans les gouffres de la géhenne, et qui n'y restent pas, étant la troupe qui porte le glaive avec des ailes.

XI

Et le sourire, la fleur de lis, la rose de la figure humaine,

L'œillet du cœur innocent fleurit toujours sur vos lèvres françaises;

Il sourit pour mourir libre, le bonhomme de Verdun,

Pour rester digne de sa terre et de son blé,

Digne de manger son pain à sa guise,

Ou la croûte ou la mie, ou rassis ou bien frais,

Le pain de France, le meilleur des pains, le seul pain, le pain libre, le pain qu'il a fait pousser.

XII

Jamais plus le Barbare ne pourra se vanter de sa barbarie.

La brute, jamais plus, à la brutalité ne fera croire :

Sur le mur d'hommes de Verdun se sont brisés les temps anciens.

Là seulement, là enfin la Bête s'est fendu la tête.

Muraille de conscience, muraille de cœurs humains ;

Contre le front de Notre Dame, l'antique Bête a rompu son front de taureau furieux, aux deux cornes d'orgueil et de science.

Sur le mur de Verdun, la loi de l'homme s'est inscrite en signe fatal, comme jadis Mané, Thécel à Babylone :

C'est le cœur qui a droit, et le droit a la force.

O remparts de Verdun, saints moellons de chair et d'argile, plus saints que la sainte Athènes et que Sion,

Sur vos pierres sanglantes, — chacune est un cœur battant, — que la douleur cimente,

La Bête s'est cassé la gueule, elle tombe à genoux, et sera bien forcée d'obéir à la loi qu'elle déteste, parce qu'elle ne l'a jamais comprise.

XIII

Vous et nous tous, qui vivons des jours inouïs, nous savions bien qu'il nous les faudrait vivre.

Ces temps étaient en nous, et la grandeur de France.

Ceux qui voient le plus loin l'avaient vu dès longtemps ;

Et qu'en dépit des sots, malgré les vieux porteurs de ruines, trois fois bâtés de calomnie, d'aigreur et de regrets,

Jamais France ne fut plus belle, ni plus juste, ni plus ardente, ni plus vive.

Elle avait le parfum de l'amour, et toute grâce à vivre.

Elle était libre, qui est la prime beauté et la prime vertu.

Elle allait faire voir que la toute puissance est à qui aime le plus,

Et que le mieux né pour la vie sait le mieux mourir,

Elle, la libre, la libre, la libre!

XIV

Jours inouïs que nous vivons, jours terribles, jours à jamais faire envie!

Le Sauveur sur la croix, jadis, et France sur le bûcher, aujourd'hui,

Comme une autre Jeanne, innombrable, éternelle.

D'autres feront la récolte; d'autres engrangeront; d'autres moudront le grain;

D'autres jouiront du pain qui nourrit la maison, le pain délicieux qui est de la terre parfumée au sein, qui fond sur la langue et se réjouit qu'on la mange;

Et l'homme mort rend à la terre pain pour pain.

A d'autres donc, la miche et la moisson :

L'œuvre, pourtant, c'est vous qui la faites, bonhommes,

Et c'est nous tous, humblement, qui en sommes.

Mais vous, ô vivants éternels, les autres ne vivront un jour que par vous ; et vous vivez en eux déjà, quoi qu'il arrive :

Tout est en vous, et par vous seuls, le glorieux demain et le sublime aujourd'hui.

XV

Ainsi, vous êtes dans la mort les vivants de notre vie. Priez pour nous.

L'encens de votre mort monte vers le ciel, et les parfums.

Priez pour nous qui sommes en bas, vos témoins sur les dalles,

Nous qui restons collés à la terre, c'est nous, peut-être, les morts ;

Et c'est à nous, peut-être, qu'un soir vous avez crié : *Debout !*

XVI

De tous ceux qui vivent, désormais, vous êtes bénis.

Vous êtes les saints de l'ère nouvelle, les saints de l'Occident.

Bénis soyez-vous de qui porte un cœur d'homme.

Bénis soyez-vous de qui porte un tendre sein de femme.

Soyez bénis de tout homme, votre fils et votre père, qui échappe par vous à la mort éternelle de l'esclave, à la damnation de la défaite, à l'opprobre de servir un maître qu'il méprise.

Soyez bénis de toute femme qui, par vous, est soustraite à la honte du baiser immonde et de l'immonde conception dans la servitude.

Bénis, bénis, cent fois bénis, vous qui êtes

dans le cirque les lions volontaires du sacrifice, les victimes d'elles-mêmes choisies.

XVII

A présent, bonhommes, du ponant au levant, quand on vous nomme, et qu'on nomme Verdun,

Les gens se lèvent et se découvrent : ils vous saluent.

Avec révérence, avec piété, le cœur ému,

Les hommes baissent les yeux devant vous, et vers vous ils élèvent leur âme;

Les femmes vous cherchent dans le rêve de leur reconnaissance.

Vous êtes plus que la vie : la liberté de vos fils.

Vous êtes plus que la vie : l'amoureux et chaste honneur des femmes.

Vous êtes le salut et la rançon de tous.

Quand on nomme Verdun, les peuples ont envie de se mettre à genoux;

Et comme au passage de la croix qui les sauve,

Chaque fils de France, et chaque enfant d'Europe, se signe en bénissant l'hostie.

Silence ici. Point d'orgue.

Après la pause, le chant reprend. Bourdon d'abord et prestant. Puis il s'enfle de toutes les voix, pour grandir jusqu'à la fin, de plus en plus.

XVIII

Prions. Et vénérons. Un ardent souvenir fait la prière.

Prions. O Verdun, ô miroir de la mort noble,

Mirage de la vie la plus belle, qui est la plus belle mort aussi,

Verdun, tu es le terme de la vertu,

La borne milliaire où mènent tous les siècles et où l'Histoire attend.

Joinville et saint Louis, Jeanne et Bayard, ceux de Bouvines et les fous héroïques de Valmy font la haie.

Et dans le soleil qui brûle, ou les jours affreux, pourris de pluie,

Ils entrent, ceux de Verdun, avec leur besace pleine d'honneur et de souffrance :

Le pas français sonne sur cette terre du jugement;

Le pas français, joie de la danse et majesté de roi,

Le pas français qui marque la cadence de l'esprit, et fait jaillir la boue, en l'écartant.

XIX

Lignes d'enfer, coteaux de flammes, sillons qui fument;

Le ciel flambe, chaume pelé où court l'incendie.

Les bois chauves se consument, pareils à l'assemblée des morts, qui sort de terre, au dernier jour, en dressant des bras calcinés.

Toutes les minutes, ici, sont des volcans dans un Vésuve;

Chaque seconde est un jet de lave, qui bat le temps dans le cœur des soldats.

Il faut qu'ils entrent là-dedans, parmi les obus, les balles et la mitraille.

Toutes les légions de diables, les démons qui hurlent,

Qui sifflent, qui miaulent, qui grincent, qui ricanent et qui crachent en dévorant,

Entourent les enfants de France, ces deux fois fils de la femme.

XX

Verdun, sépulcre mouvant, plus vivant que la mer,

Lit sans repos et sans sommeil de la mort noble,

Par-dessus tes fossés et tes trous, là-haut, pourtant, il est un ciel là-haut,

Et l'amour des étoiles sublimes, dans la nuit pure !

L'amour, la nuit, les fiançailles du bonheur et de la volupté, du désir et de la présence !

L'amour, la nuit d'été, celle qui verse les yeux de l'amant dans les prunelles de l'amante !

La nuit de la Saint-Jean, pleine de roses et de rossignols, qui scelle les lèvres de la femme sous les lèvres de l'homme — —

Ha, n'y pense pas ! Silence, cœur du soldat !

Ils ne passeront pas ! Ils ne passeront pas ! Soldat, mange ton cœur avec ton rêve.

C'est ici qu'il faut vivre ; ici, qu'il faut baiser la mort : il faut faire l'amour là-dedans.

Va, bonhomme, si tu t'en tires, tu ne pourras plus vivre, après cette vie-là.

XXI

Donc, un bon coup de vin les fait rire : Allons-y !

Tout Français n'est-il pas d'Athènes? Tout Français est de Paris.

Ils ne se battent pas seulement, chacun pour son bourg et son église :

Ils se battent pour la ville de tous, pour la ville des villes, pour Paris et pour Pantin ;

Ils se battent pour Notre Dame et pour leurs mères,

Pour la Reine du monde, chacun, et pour sa chère femme :

Ils sont Français : Paris est leur village.

XXII

La gaîté de Verdun est un cri dans l'orage, Verdun, enfeu des saints,

Tartare du pioupiou, petit géant d'un sou, géhenne du fantassin.

Ils sont tous un peu là qui nous sauvent le monde ;

Et chacun de répondre, quand on s'incline devant lui : *Penses-tu? Je n'y suis pour rien.*

Mais nous savons, nous, que ni l'artilleur, ni le cavalier, ni le bel as qui vole, ni les chefs au front plissé et aux yeux clairs, ni même le maître de la guerre,

Rien n'égale, sous la croix du fusil et du sac, le pauvre soldat :

Le martyr, le héros, c'est l'homme de la ligne, c'est lui, le saint bonhomme.

XXIII

Nuit et jour, depuis cent trente nuits, depuis cent trente jours,

Sous le ciel des obus, ils font la carapace et la tortue :

Soir et matin, ils sonnent la fête des morts, coude à coude, couchés sur le ventre, dans la boue.

Priez pour eux, qui prennent mesure de la terre pour vous.

Ils sont les moines qui toujours veillent dans le sanctuaire,

Et vous font oraison de leur chair et de leur sang : *Cette chair est votre pain, votre vin est mon sang*.

Ils sont dans la tranchée comme à la Trappe.

Ils vivent dans leur fosse, chacun la sienne, et toutes côte à côte,

Cousus par la pluie dans le linceul de leur capote,

Et le sillon qu'ils creusent est votre rempart.

XXIV

Qu'ils rampent ou qu'ils se dressent, ils combattent en plaine, comme on laboure ;

Ils sont nus au tonnerre, en terre nue, à ciel ouvert,

O soldats, saints paysans de la guerre !

Ils n'ont rien pour les défendre que les trous de leurs tombes béantes ;

En avant, ils tombent sur l'araire de leurs bras : dans la glèbe, ils restent ensevelis ;

Ils sont le grain de blé, pour vous nourrir, qui pourrira ;

Et ils roulent dans la mort pour que vous dormiez dans votre lit.

XXV

Ils sont l'homme contre le démon et ses machines ;

Le cœur contre l'engin, le grain qui vit contre l'or qui tue et le papier qui trompe :

L'âme verte de l'Occident contre le nombre et la barbarie.

Car il s'agit ici de la terre réelle et de l'esprit,

Contre le mensonge de l'enfer, contre l'avare appétit des biens,

Et l'ignoble désir de la fortune,

L'intelligence enfin du vrai bien contre l'impur crédit à tout ce qui s'achète, à tout ce qui se vend, à tout ce qui se troque, qui corrompt tout et qui ne nourrit rien.

XXVI

Ils barrent la route à la matière, les saints bonhommes :

Ils lui lancent son nom, comme le vieux Cambronne.

A la marée qui dessèche la vie et ne la fume point, Verdun crie : *Tu ne passeras pas.*

Les Barbares sont venus pour voler : ils ne passeront pas.

C'est pour voler la terre, c'est pour piller les vignes, c'est pour ravir Notre Dame qu'ils tuent, qu'ils brûlent, qu'ils se chargent de tous les crimes.

La conquête est le vol : ils ne passeront pas.

Du vol, l'orgueil est la malice ; le génie du larcin les guide : ils ne passeront pas.

XXVII

Par votre mort, par votre deuil et votre sacrifice,

Saints de Verdun, torches brûlantes, le monde entier a cessé d'être aveugle :

Il s'éclaire, il a compris enfin que l'Allemand est la matière,

Et que la France est l'âme-fleur du genre humain.

Par vous tous qui fermez les yeux, les hommes voient enfin
Pour quoi la vie en France était si douce,
Si vraie, si pleine de sens, si continue d'esprit,
Qu'il vaut certes la peine de mourir pour une telle patrie, tant bonne et belle;
Et que le monde eût après tout perdu l'honneur,
S'il avait perdu le souci de la défendre et de lutter pour elle.

XXVIII

Bonhommes de Verdun, vous ne haïssez même plus
L'épouvantable ennemi qui n'a vécu que pour la haine.
Vous savez mieux que personne la force du Barbare,
Sa science du mal, son génie de la mort,
Sa foi pour obéir, sa nature servile et son éternelle perfidie.
Mieux que personne vous savez qu'il échappe au mépris par la puissance.

Bonhommes de Verdun, vous ne dédaignez pas le Barbare ennemi :

Vous faites pis : vous êtes désormais ses juges :

Vous l'avez condamné : il faut qu'il s'humilie.

XXIX

Modestie de Verdun, pudeur sublime, sublime modestie !

Nous faisons ce qu'il faut; et après? disent-ils.

Si nous mourons, c'est notre sort, ce n'est pas notre choix.

Ce que d'autres eussent fait, nous le faisons, oui ! Et quand nous n'y serons plus, d'autres le feront comme nous.

On nous a mis ici pour barrer la route aux voleurs de la terre.

On nous a dit : Il ne faut pas qu'ils passent. Ils ne passeront pas.

La divine pudeur du parfait sacrifice,

La céleste modestie du Sauveur, c'est celle-là,

Et de ceux qui donnent tout ce qu'on leur demande,

Parce qu'il le fallait, et ne s'en vantent pas,

Livrant l'artère avec la veine, leur cœur avec leur âme, et la tête avec les bras.

XXX

Ils suent l'angoisse de l'agonie dans les ténèbres.

Ils couchent sur les mourants ; ils marchent sur les morts : leurs pieds foulent la chair de leurs amis et de leurs frères.

Leur casque est plein de sang ; et pour plus d'un, l'aveugle nuit coiffe à jamais ses yeux et descend la visière.

XXXI

Modestie de Verdun, pudeur sublime, pleurs taciturnes qui ne couleront pas :

Fierté d'être soi et d'en sourire avec silence, plutôt que d'en rien dire !

Fierté d'être soi, et d'en mourir ! Tous les Français sont nobles : qui l'est près de ceux-là ?

XXXII

Si vous riez, c'est grâce à eux, et si vous voyez encore la beauté du monde.

Le rire de vos petits, chaque matin, vous le devez à ces Lazares qui ressuscitent, pour vous, chaque jour, de la tombe.

Dans vos villes tranquilles, ils ne vous demandent pas de pleurer ;

Mais de jouer avec mesure, de rire avec décence.

Ils ne vous demandent pas de jeûner, dans un cilice ;

Mais la douce gravité, que l'amour doit à l'absence :

Car ils ne veulent rien de vous que d'être aimés.

XXXIII

Bénis soient-ils, ceux qui meurent pour qu'on les aime !

Bénis soient-ils tous ceux qui sont morts en aimant,

Pour un amour si fort et si vivant qu'il survit à eux-mêmes !

Béni soit l'essor viril de l'âme hors la gaine du corps,

Le pauvre corps si cher aux mères et aux femmes.

Béni soit l'homme pur, tout lavé dans son sang !

La fleur mâle du sang est la rose première

Qui ne peut point passer et que rien ne flétrit :

Car la mort n'est pas la chute dans les ténèbres

Pour les grands cœurs qui se sont accomplis :

La mort est l'aile du feu, le jet dans la lumière, la flèche au travers de la nuit.

30 Juin 1916.

ACHEVÉ D'IMPRIMER LE QUINZE NOVEMBRE MIL NEUF CENT SEIZE, PAR JULIEN CRÉMIEU, 13 ET 15, RUE PIERRE-DUPONT, SURESNES, SEINE.

www.ingramcontent.com/pod-product-compliance
Lightning Source LLC
LaVergne TN
LVHW012022160826
845678LV00002B/965